KYOTO-ETERNITY HERE AND NOW

キョート-エターニティ・ヒア・アンド・ナウ／今ここにある永遠・京都

新しい21世紀のポスト量子力学時代の新しいポエティクスを!
主観的には仏、客観的には全宇宙、主-客観的には超光速波動

Kyoto Bastard
キョート バスタード

風詠社

まえがき

タイトルの「キョート - エターニティ・ヒア・アンド・ナウ」とは、あるキョート バスタードの夢想的直感的断章風景という意味である。

本来の形は「iPad-ART のフォトエッセイ」として制作されたが、デジタル版をアナログ版で保存する昨今の流れを面白く捉えて紙の書籍と e-Book 化することにしたのだ。

したがって、フォトエッセイということにはなっているが、iPad-ART なら読む人のコピー＆ペーストで自由自在に変形や挿入 OK !? という、ある意味「参加型フォトエッセイ」が本来の形と言える。

サブタイトルは「新しい 21 世紀のポスト量子力学時代の新しいポエティクスを！ 主観的には仏、客観的には全宇宙、主 - 客観的には超光速波動」とした。

目　次

KYOTO-ETERNITY HERE AND NOW

1. 瞑想する人工知能

Zen-Meditating- AI

All Time Exists All The Time.

人はアラヤ識の大海に浮かぶ一片の木の葉のごとし
（山本空外）

ブレインの中に「コスミックタイムマシン」があるのなら、過去の記憶も未来の記憶も今ここにあるのだろうか？

ポスト量子ジャンピング・ポエトリーで、ベートーベン、チャック・ベリーと AI City をぶっ飛ばせ !?

愛犬ラブ芭蕉と哲学者ブレイクと POPIST アンディ・ウォーホルがダンスをおっぱじめる黄昏時、の「エターニティ／永遠」

DIGITAL-ANALOG-BRICOLAGE-JAPALISH-PHOTO-ESSAY
デジタル - アナログ - ブリコラージュ - ジャパリッシュ - フォトエッセイ

我々はどこから切っても「エターニティ／永遠」の「一瞬」の人生を生き続けているのではないだろうか？

永遠と思われるような欲望の状態が続いていく。

Andy Warhol：15Minutes Eternal

We are Stardust We are Golden
僕たちは星のかけら、僕たちは金色の輝き

今は自分と永遠の関係しかない。
（ヴァン・ゴッホ）

また見つかった、
何が、永遠が、
海と溶け合う太陽が。
『地獄の季節』
（アルチュール・ランボー）

アリスが「永遠の長さって、どのくらい？」と尋ねると、
白ウサギは「たったの一秒だったりもする」と答える。
時間は存在しない／カルロ・ロヴェッリ

愛犬ラブ芭蕉と哲学者ブレイクと POPIST アンディ・ウォーホルがダンスをおっぱじめる黄昏時、の「エターニティ／永遠」

サイバネティック - セレンディピティから
ポストコスミックインターネット - セレンディピティへ

「シティライフについての短い話や観察や軽いユーモラスな詩にみるエターニティ」

芸術はテクノロジーに挑み、テクノロジーは芸術を刺激する。

「FUTURE CREATE PAST」未来が過去をクリエイトする
「懐しい未来／ Retro Future」＆
「未だ見ぬ過去／ Unknown Past」

「情報とインスピレーション／ Information or Inspiration」
「再発明し続けろ／ Keep Re-inventing !!」

キュービズム／ QBism!?

Andy Warhol：15Minutes Eternal

言葉はタイムマシンになって未来を創造するか？

メディテーションの変性意識状態から
「エターニティ／永遠 - タイムトラベル」へ
戦争をやめて、コスミック・ラブに満ち溢れたメイキングラブによる「エターニティ - コスミック - タイムトラベル」へ

トワイライトタイムの点滅

目眩のパーセプション
タイムレスタイム
スペースレススペース
異次元へのドアーズ
クォンタム - ジャンプ !?

21 世紀アート & テクノロジーも、物質と波動（リアルとバーチャル、すべての対立するデュアリティ）のはざまを超えてジャンプせよ !?

スペース移民と知性拡大とエターナル - ライフに向かって宇宙意識と共にジャンプせよ !?

私たちは過去と未来の、地球と天体の、光と闇の、人間と神の、そして世界とそれを超える世界の子供であり、有限な時間と永遠の時間のどちらにも属する瞬間的かつ永遠の存在である。
（アーヴィン・ラズロ）

宗教とか芸術とかいう最高の文化は「今を生きる」ということです。

今、それは「永遠の今」です。
死ぬときも今です。死んで後も今です。
（争いとかいろんな）迷いを離れるとサトリです。
（山本空外）

どれくらいの時間を「永遠」とよべるだろう。
果てしなく遠い未来ならあなたと行きたい。
あなたと覗いてみたい その日を。
（You're Everything）

大宇宙の大静寂のパワーが（大都市の雑踏のなかでさえ）私の一つ一つの細胞に染み透っていく。その「永遠」の「今」に。

2. アンディ・ウォーホルのダラー・グリーン

アンディ・ウォーホル、**Dollar Green** ダラー・グリーン
(サンデーモーニング版)

ドルマークだってアートになるんだ!!

過去が現在に影響を与えるように、未来も現在に影響を与える。
(ニーチェ)

予測は難しい。とりわけ未来の予測は難しい。
(ニールス・ボーア)

未来を予測する最良の方法は、未来を創ることだ。
(ピーター・ドラッガー)

未来を予測する最も確実な方法は、それを発明することである。
(アラン・ケイ)

我々はどこから切っても「エターニティ／永遠」の「一瞬」の人生を生き続けているのではないだろうか？

主観的には仏
客観的には全宇宙

主 - 客観的には超光速波動

今、それは「永遠の今」です。
死ぬときも今です。死んで後も今です。
（争いとかいろんな）迷いを離れるとサトリです。
（山本空外）

人はアラヤ識の大海に浮かぶ一片の木の葉のごとし
（山本空外）

大宇宙の大静寂のパワーが（大都市の雑踏のなかでさえ）私の一つ一つの細胞に染み透っていく。その「永遠」の「今」に。

3. 平安神宮大鳥居

シンプルであることは複雑であることよりも難しい。
(スティーブ・ジョブズ)

電脳無限
無限電脳
無限永遠
永遠無限
ゼロ =MUGEN ／∞／ムゲン
エターナル - ライフ

生きていて流動している永遠／ベルクソン
「Living-Moving-Eternity」
(Bergson)

「永遠」と思われるような欲望の状態が続いていく。

「ALL TIME EXISTS ALL THE TIME ／すべての時間はすべての一瞬の中に」
(アインシュタイン)

「あらゆる言葉と言葉の狭間にある大宇宙の大沈黙にエターニティは滲み出ているようだ。そこでは、すべての一瞬にすべての時間が在る、人生のすべての一瞬にすべての時間が在る。」

「人間の身体には、頭で考える以上の大きな能力が宿っている。その能力は宇宙飛行士・エドガー・ミッチェルのいう「直感」による理解につながっている。直感による理解は、瞬時に「永遠」をつかみ、未知を有知に変えてゆく。」

私たちは過去と未来の、地球と天体の、光と闇の、人間と神の、そして世界とそれを超える世界の子供であり、有限な時間と永遠の時間のどちらにも属する瞬間的かつ永遠の存在である。
(アーヴィン・ラズロ)

POP エターニティへの断章

幼稚園児のとき、蝶々取りのアミを持って草むらの中を無我夢中で走り回っていた。時間が「エターニティ/永遠」に続くと思われた。

17、18 才頃、ロックバンドのリードギタリストとして延々と 60 年代風、コルトレーン/クラプトン的インプロビゼーションソロを延々と続けていた瞬間、この時間は「エターニティ/永遠」に続くと思われた。

アメリカから帰国後、2 人の外国人女性と京都の東山七条の古い家で自分の国にいながら気ままな異邦人の生活を送っていた 20 代後半の頃、このままこの「長い」ヒップで気まぐれで若々しい時間は「永遠」に続くと思われた。

仕事で疲れた体をかばいながら群衆で溢れた駅で列車を待っていた時、都市のトワイライトタイムのノイズの（はざま）にふっと流れてきたバート・バカラックの Close To You のメロディに「エターニティ／永遠」がタイムレスに滲み出すのを見ていた。

夜遅く部屋に帰り、MacBook Pro と JBL ミニスピーカーでパット・メセニーとトゥーツ・シールマンのバラードを静かに聴きながら、ソファに身を暫し横たえる時、この「エターニティ／永遠」の沈黙は大宇宙中に無際限に拡がり続けていくと思われた。

しかし、この「長い」時間は永遠ではない。
人間の生きている限りの
決意の漏れる限りの
長さである。
人間の長さである。
（白石かずこのジャズポエムから）

人間は、自分の人生の時間に限りのあることを知っている。いや知っているのが、蒼い時間を卒業した大人ということに世間では一応なっている。しかし、人間は本当に永遠の時間を生きることがないのであろうか？
私は「永遠の時間を生きることがある」と信じている。
いや誰もがそんな時間を知っていると信じている。
いや誰もがそんなタイムレスな時間を知っている。

我々はどこから切っても「エターニティ／永遠」の「一瞬」の人生を生き続けているのではないだろうか？

私たちは過去と未来の、地球と天体の、光と闇の、人間と神の、そして世界とそれを超える世界の子供であり、有限な時間と永遠の時間のどちらにも属する瞬間的かつ永遠の存在である。
(アーヴィン・ラズロ)

今、それは「永遠の今」です。
死ぬときも今です。死んで後も今です。
（争いとかいろんな）迷いを離れるとサトリです。
（山本空外）

人はアラヤ識の大海に浮かぶ一片の木の葉のごとし
（山本空外）

主観的には仏
客観的には全宇宙
主 - 客観的には超光速波動

We are Stardust We are Golden
僕たちは星のかけら、僕たちは金色の輝き

芸術はテクノロジーに挑み、テクノロジーは芸術を刺激する。

Andy Warhol：15Minutes Eternal

プラトンは『ティマイオス』において、
永遠の世界としてのイデア界を語った。
永遠を存在の知的世界に
時間を生成の感性的世界に、
後者には、存在は属さない。

また見つかった、
何が、永遠が、
海と溶け合う太陽が。
『地獄の季節』
アルチュール・ランボー

今は自分と永遠の関係しかない。
（ヴァン・ゴッホ）

アリスが「永遠の長さって、どのくらい？」と尋ねると、
白ウサギは「たったの一秒だったりもする」と答える。
時間は存在しない／カルロ・ロヴェッリ

愛犬ラブ芭蕉と哲学者ブレイクと POPIST アンディ・ウォーホルがダンスをおっぱじめる黄昏時、の「エターニティ／永遠」

いっしゅんゴムひもがのびたものが
えいえんで、
えいえんゴムひもがちぢんだものが
いっしゅんなら、
このいっしゅんをいっしょうけんめいいきることがえいえんをいきることだ。

いっしゅんのえいえん

FOU
JI
TA
藤田嗣治展
京都国立近代美術館
10/19・12/16

4. 過去の著作

すべての人間の作品は、辞世の句ではないかと思う時がある。生きている一瞬に「永遠／ ETERNITY」を刻もうとしているのだろうか？

My Published Books（私の著作）

『スパイラル・ダンシング・スクリーンを飛躍しながら』
…超映像的にスクリーンから飛び出せ !?

『サンプリング・レトリック・ノート』
…サンプリング修辞的な瞬間に生きよう !?

『ビーティフィック・ヒア・アンド・ナウ』
…今ここに在る至福を生きよう !?

『パラダイス・ヒア・アンド・ナウ』
…今ここに在るパラダイスを生きよう !?

『キョート - エターニティ・ヒア・アンド・ナウ』
…今ここにあるエターニティを生きよう !?

我々はどこから切っても「エターニティ／永遠」の「一瞬」の

人生を生き続けているのではないだろうか？

やはり、結局、いつも一瞬に永遠を刻んでいこうとしているようだ。

愛犬ラブ芭蕉と哲学者ブレイクと POPIST アンディ・ウォーホルがダンスをおっぱじめる黄昏時、の「エターニティ／永遠」

大宇宙の大静寂のパワーが（大都市の雑踏のなかでさえ）私の一つ一つの細胞に染み透っていく。その「永遠」の「今」に。

PARADISE
HERE AND NOW
GAFA Quartet, Essay, Poetry
Bastard K
パラダイス・ヒア・アンド・ナウ
GAFAカルテット及びその他のエッセイとポエトリー
バスタード K
私たちの
生きている
世界は本来、
ただ
そのままで
パラダイスで
ある
誰もが
そう強く信じていれば、
差別や対立や戦争なんて
生まれないのでは
ないだろうか。
美的感受性と
意識の覚醒について語り、
科学やテクノロジー、
アート、文化を通して
示した仏教的平和論。
風詠社

ジャズ批評 217
Sampling
Rhetoric
Note
EATIFIC
HERE
AND
NOW
PARADISE
HERE AND NOW
PARADISE
HERE AND NOW

5. シェイクスピア＆カンパニー
＆ジョージ・ホイットマン翁

今は亡きオーナーのジョージ・ホイットマン翁のスクーターの止まっていない日の有名なパリス、シェイクスピア＆カンパニー書店。

若き日、初めて立ち寄った著者に「Japanese Famous Poet Came To My Bookstore!!」（日本の有名なポエットが私のブックストアに立ち寄ってくれた!!）と大声で言ってくれたものだ。
（気を使って言ってくれた言葉だが、日本人では私一人だけに言ってくれたかもしれない。本当にありがとう！ 今は亡きジョージ・ホイットマン翁。）
私がサンフランシスコ、シティライツ書店のオーナーでポエット、ローレンス・ファリンゲッティ翁の手書きの地図をたどって彼の店にやって来たからだった。SF のシティライツとシェイクスピア＆カンパニー書店は姉妹店であり、彼らはソルボンヌの学生時代から半世紀以上の親友だからだ。

断章——

Part 1

Twilight Eternity Here And Now

トワイライト - エターニティ・ヒア・アンド・ナウ

Walking Inside The City of Twilight

都市が大閃光に包まれた時
僕は思い出す。
僕らが大宇宙の光だったこと
星の子だったこと
無限の時間の住人だったこと
ジョイフルな粒子のダンスだったこと

都市のトワイライトを『今』も歩き続ける
都市のトワイライトを『今』も歩き続ける
都市のトワイライトを『今』も歩き続ける

都市が大閃光に包まれた時
僕は思い出す。
僕らが大宇宙の光だったこと

Twilight-Infinity Here And Now
トワイライト - インフィニティ・ヒア・アンド・ナウ

Twilight-Timetravel Here And Now
トワイライト - タイムトラベル・ヒア・アンド・ナウ

Part 2

Politics is for the Present, but,an Equation is something for Eternity.
政治は現在のためだが、等式は永遠を志向している。

Everything should be as simple as it is. but not simpler.
すべてのものはシンプルであるべきだ。ただ、シンプルすぎずに。

Gravity is not responsible for the people fall in Love.
重力は恋に落ちる人びとと関連性は無い。
（アインシュタイン）

「熱いストーブの上に手を置くと、1 分が 1 時間に感じられる。でも、きれいな女の子と坐っていると、1 時間が 1 分に感じられる。」それが、相対性です。
天才ならではのアインシュタイン博士独特のユーモアだが、実際に、時間というのは主観的に変化する。認知的に見た、時間の相対性理論は面白い。

上記したアインシュタイン博士の説明には、実は、深い意味が隠されていると思われる。
それは、相対性理論といえども、物理科学と心理学を完全には分断できないことを暗に表していると言えるからである。
物理的時間は異時直線的で、心理的時間は同時シンクロニステック的であるが、それらが共存する瞬間に何かエターニティめいた本当のレアリティが現出エマージェントすると思われる。

時間には、計測できる時間と計測できない時間がある。
我々は日常的人生において、実際には、心理的時間、つまり、計測できない時間を生きているのではないだろうか？
愛する恋人と過ごしている時間は計測不可能な時間であり、そして、そのような日常の中で、時おり我々は一瞬の永遠（エターニティ）を垣間見ているのではないだろうか？

エターニティとは何か？ アインシュタイン博士は実際にこう言っている。
All Time Exists All The Time.
〈すべての時間は一瞬の中に存在する〉と。

一瞬の中にこそ永遠を見る。のが人間ではなかろうか？

ハックスレーは、永遠の哲学について書いていたが、あらゆる民族と文化に共通の真理であるとされる思想とある。

A million years is just a brink of an eye in the field of astronomy.
A life is a Quantum Jump!!! But it is a moment oozing out the Eternity.
百万年は天文学の分野では一瞬にすぎない。
人生は一つのクオンタムジャンプだ。しかし、
それは、永遠を滲み出させている一瞬だ。

「シンクロニシティとしての永遠」

永遠の無時間的なひとときのシンクロニシティ
無時間的共存
自然や社会の諸プロセスは
永遠なるものが一時的に
みせるイメージにすぎません

Stay Hungry Stay Foolish　ハングリーであれ　バカであれ
（Steve Jobs）
Stay Bastard Forever Challenge !!

思考が時間を作り出す
（思考なき所に時間はない）
従って、
大沈黙の無限空間に
エターニティは在る

プラトンは『ティマイオス』において、
永遠の世界としてのイデア界を語った。
永遠を存在の知的世界に
時間を生成の感性的世界に、
後者には、存在は属さない。

私たちは過去と未来の、地球と天体の、光と闇の、人間と神の、そして世界とそれを超える世界の子供であり、有限な時間と永遠の時間のどちらにも属する瞬間的かつ永遠の存在である。
(アーヴィン・ラズロ)

今、それは「永遠の今」です。
死ぬときも今です。死んで後も今です。
(争いとかいろんな) 迷いを離れるとサトリです。
(山本空外)

人はアラヤ識の大海に浮かぶ一片の木の葉のごとし
(山本空外)

主観的には仏
客観的には全宇宙
主 - 客観的には超光速波動

我々はどこから切っても「エターニティ／永遠」の「一瞬」の人生を生き続けているのではないだろうか？

We are Stardust We are Golden
僕たちは 星のかけら、僕たちは金色の輝き

Andy Warhol：15Minutes Eternal

芸術はテクノロジーに挑み、テクノロジーは芸術を刺激する。

今は自分と永遠の関係しかない。
（ヴァン・ゴッホ）

また見つかった、
何が、永遠が、
海と溶け合う太陽が。
『地獄の季節』
アルチュール・ランボー

アリスが「永遠の長さって、どのくらい？」と尋ねると、
白ウサギは「たったの一秒だったりもする」と答える。
時間は存在しない／カルロ・ロヴェッリ

愛犬ラブ芭蕉と哲学者ブレイクと POPIST アンディ・ウォーホルがダンスをおっぱじめる黄昏時、の「エターニティ／永遠」

いっしゅんゴムひもがのびたものが
えいえんで、
えいえんゴムひもがちぢんだものが
いっしゅんなら、
このいっしゅんをいっしょうけんめいいきることがえいえんをいきることだ。

「ポスト量子力学時代の新しいポエティクス」

ANTIQUARIAN
SHAKESPEARE AND

6. New Dimension

A NEW DIMENSION OF CITY LIFE（MEN & DOORS）

都市の鏡の反射のきらめきの流星群の中で、
物質を通過する意識
意識に溶解する物質
みえている一つのドアと
みえない無数のドアとの間の、
小さな鏡たちの破片の隙間を
光速で飛び交っているもの、
たぶん光速以上で
正体不明でジャンプするもの
果てしなく呼びかけるものたち
ソールは
一瞬のなかの永遠の歴史の中、
極少宇宙と極大宇宙を同時に
駆け巡り続ける。
私の内部にある
決してマシーンではない
強烈なる何かが、
このリアリティと呼ばれる
物質空間を
確かに構築する。

あたかも私がこの瞬間に手を放てば、
（死と呼ばれる永遠への解放と共に）
消滅するかのように。

一枚のホワイトタイルにさえ
無限の情報と
無限のエナジーと
一つの多元宇宙を
観ることができる。

この世界を夢想させる
シンボルたちが消滅した後の
カラッポの鏡の中に。

私は都市の雑踏の中に
還っていくために、
決してたった一つのドアを
選択しはしないだろう。

「今」で「永遠」であること。

7. ニコ

絵画のようで絵画でないもの
映画のようで映画でないもの
ロックのようでロックでないもの

ヴェルヴェット・アンダーグラウンド・アンド・ニコは
ロックのようでロックでないもの
だった。

ブライアン・イーノ曰く、ヴェルヴェット・アンダーグラウンドのアルバムはたった3万枚しか売れなかった。が買った3万人全員がバンドを始めた。
その60年代影響力は絶大だった。恐るべしプロデューサーのアンディ・ウォーホル。歴代の無数のロックアルバムの中でもビートルズの『リボルバー』に次いで2位にランキングされてもおかしくないバンドだった。
たった3万枚で2位?!?

ヴェルヴェット・アンダーグラウンド・アンド・ニコは
ロックのようでロックでないもの
だった。

芸術はテクノロジーに挑み、テクノロジーは芸術を刺激する。

Andy Warhol：15Minutes Eternal

We are Stardust We are Golden
僕たちは星のかけら、僕たちは金色の輝き

今は自分と永遠の関係しかない。
（ヴァン・ゴッホ）

アリスが「永遠の長さって、どのくらい？」と尋ねると、
白ウサギは「たったの一秒だったりもする」と答える。
時間は存在しない／カルロ・ロヴェッリ

愛犬ラブ芭蕉と哲学者ブレイクと POPIST アンディ・ウォーホルがダンスをおっぱじめる黄昏時、の「エターニティ／永遠」

いっしゅんゴムひもがのびたものが
えいえんで、
えいえんゴムひもがちぢんだものが
いっしゅんなら、
このいっしゅんをいっしょうけんめいいきることがえいえんをいきることだ。

8. コスミック・メトロの中のフランソワーズ・アルディ

Francoise Hardy in the Cosmic Landscape of Metro

ここはメトロの中
フランソワーズ・アルディの声は異様に
クールかつやさしく唄いかける
宇宙の果てに向かって
時空の失せた大平原へ向かって
振動と振動の
〈あわい〉と〈あわい〉の
せめぎあう渦巻き模様だけの
Time Capsule タイムカプセルに坐って
ああーーー吸い込まれていく
無限空間の彼方

ここはメトロの中
フランソワーズ・アルディの声は異様に
クールかつやさしく唄いかける
音楽は一瞬の中に
安らぎを見出し
生の中の死へと解放される
すべては今この一瞬の中に解決される
（あとに何も残さない潔さと共に）

異次元の層のきわみの彼方

ここはメトロの中
フランソワーズ・アルディの声は異様に
クールかつやさしく唄いかける
大宇宙の超触媒物質
コスミックビームは麻薬
内爆発／外爆発
宇宙は爆発
世界は爆発
世界はエネジー変換
世界は無限循環
ステイティックかつダイナミックな
〈あわい〉と〈あわい〉で
アアー
僕はもう爆発する

このメトロの中から
大宇宙の彼方へ
アアーーー
吸い込まれていく
吸い込まれていく
〈消滅点〉という
「一瞬の永遠」のシルバーシティへ向かって
虹色の流星たちをかすめながら

メトロは駆け続ける

いつも大宇宙の
無限エナジーと共振しながら
いつもドライブしなきゃ
いつもドライブしなきゃ
いつもドライブし続けるんだよ！

（METRO に乗ると、なぜかいつもそこは宇宙空間になってしまう）

永遠と思われるような欲望の状態が続いていく。

大宇宙の大静寂のパワーが（大都市の雑踏のなかでさえ）私の一つ一つの細胞に染み透っていく。その「永遠」の「今」に。

FRANCOISE HARDY フラン…

imerecords.jp

9. ジョニー・デップ

現代のヒップスター、ジャック・ケルアックのヨレヨレのコートを着てご満悦のジョニー・デップ

ケルアックは言った。
僕の性に合う人といえば、それは気狂いじみた人たちで、生きるために狂い、話すために狂い、救われようがために狂い、一度に何事かも望む人間であり、決して欠伸をしたり、平凡なことを言ったりせず、星の群れをよぎる蜘蛛のように、炸裂する黄色いローマ花火のように、ただ燃えに燃える人間だけなのだ。

We are Stardust We are Golden
僕たちは星のかけら、僕たちは金色の輝き

アリスが「永遠の長さって、どのくらい？」と尋ねると、
白ウサギは「たったの一秒だったりもする」と答える。
時間は存在しない／カルロ・ロヴェッリ

愛犬ラブ芭蕉と哲学者ブレイクと POPIST アンディ・ウォーホルがダンスをおっぱじめる黄昏時、の「エターニティ／永遠」

10. 高台寺茶室

アップルの製品よりもシンプルでエレガントな茶室

シンプルであることは、複雑であることよりも難しい。
（スティーブ・ジョブズ）

11. アップル京都

アップル・キョート／**APPLE KYOTO**

僕は左岸の二流詩人のような人間です。ちょっと脱線してここに来ただけです。
（スティーブ・ジョブズ）

芸術はテクノロジーに挑み、テクノロジーは芸術を刺激する。

Andy Warhol：15Minutes Eternal

「悟りをひらいた！」と言うなら、その証拠を見せてみろと言われ、ジョブズは、その一週間後、日本人禅僧、乙川弘文に、〈パーソナルコンピューターの基盤〉を見せたという。
悟りというより、〈意識革命のツール〉だったかも。

「今日が人生最後の日だったとしたら、自分は本当にどのような生き方がしたいか？」
ジョブズは若き日から毎朝、鏡の中の自分に向かって問いかけていたという。

ジョブズはコンピューターを売っているのではない。
ジョブズが売っているのは、

〈人の可能性を束縛から解き放つツール〉なのだ。

今、それは「永遠の今」です。
死ぬときも今です。死んで後も今です。
（争いとかいろんな）迷いを離れるとサトリです。
（山本空外）

人はアラヤ識の大海に浮かぶ一片の木の葉のごとし
（山本空外）

12. 山中千尋

ジャズピアニスト、山中千尋に贈る絶対許せない詩

君はサンバのリズムで歩く女。
なのにオペラのイタリアで、
八木節のメロディで
スイングするなんて
絶対に許せない。

我々はどこから切っても「エターニティ／永遠」の「一瞬」の人生を生き続けているのではないだろうか？

We are Stardust We are Golden
僕たちは星のかけら、僕たちは金色の輝き

アリスが「永遠の長さって、どのくらい？」と尋ねると、
白ウサギは「たったの一秒だったりもする」と答える。
時間は存在しない／カルロ・ロヴェッリ

愛犬ラブ芭蕉と哲学者ブレイクと POPIST アンディ・ウォーホルがダンスをおっぱじめる黄昏時、の「エターニティ／永遠」

13. パティ・スミス

ニューヨーク・パンクの女王、パティ・スミス

New York Punk's Queen, Patti Smith

僕はこの本をマルクスとフロイドの膨大な著作に囲まれた部屋に暮らしているバークレーの博士号候補の女性からもらった。何と彼女はパティ・スミスの詩集を 2 冊持っていたのだった。「2 つあるから 1 冊あげるわ」不思議な縁のある本である。

我々はどこから切っても「エターニティ／永遠」の「一瞬」の人生を生き続けているのではないだろうか？

プラトンは『ティマイオス』において、
永遠の世界としてのイデア界を語った。
永遠を存在の知的世界に
時間を生成の感性的世界に、
後者には、存在は属さない。

私たちは過去と未来の、地球と天体の、光と闇の、人間と神の、そして世界とそれを超える世界の子供であり、有限な時間と永遠の時間のどちらにも属する瞬間的かつ永遠の存在である。
（アーヴィン・ラズロ）

Andy Warhol：15Minutes Eternal

We are Stardust We are Golden
僕たちは星のかけら、僕たちは金色の輝き

愛犬ラブ芭蕉と哲学者ブレイクと POPIST アンディ・ウォーホルがダンスをおっぱじめる黄昏時、の「エターニティ／永遠」

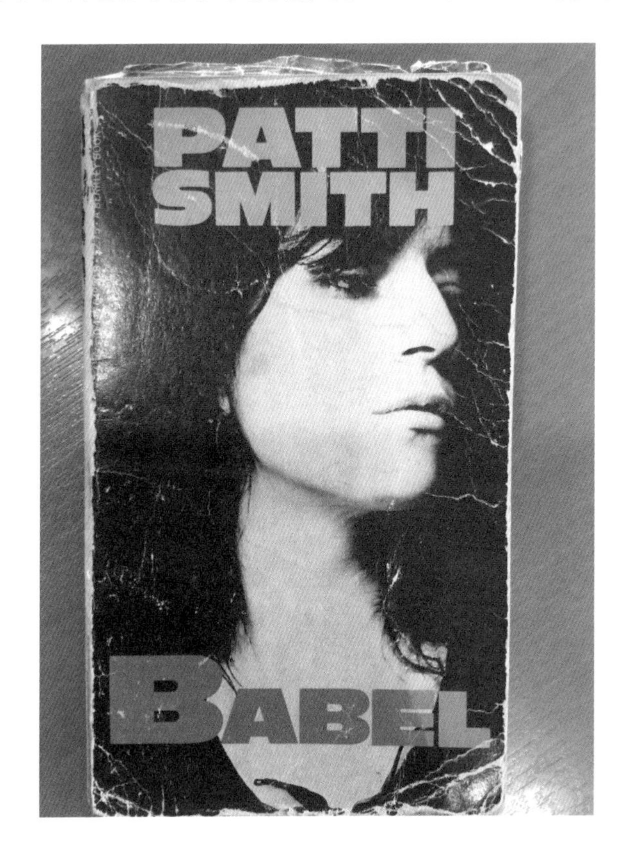

14. アリス＝紗良

ビューティ＆エレガントなクラッシック・ピアニスト、
アリス＝紗良・オット

Beauty & Elegant Classic Pianist, Alice Sara Ott

アリス＝紗良さんのドビュッシーの「夢」とエリック・サティの「ジムノペディ」を聴いて僕はぶっ飛んだのだった。楽譜には見えない作曲家のソウルと彼女のソウルが絡み合いダンスしていたからだ。

我々はどこから切っても「エターニティ／永遠」の「一瞬」の人生を生き続けているのではないだろうか？

永遠と思われるような欲望の状態が続いていく。

Andy Warhol：15Minutes Eternal

We are Stardust We are Golden
僕たちは星のかけら、僕たちは金色の輝き

今は自分と永遠の関係しかない。
（ヴァン・ゴッホ）

アリスが「永遠の長さって、どのくらい？」と尋ねると、
白ウサギは「たったの一秒だったりもする」と答える。
時間は存在しない／カルロ・ロヴェッリ

愛犬ラブ芭蕉と哲学者ブレイクと POPIST アンディ・ウォーホルがダンスをおっぱじめる黄昏時、の「エターニティ／永遠」

15. パウル・クレー

色が「永遠」にわたしを捉えたのだ。それは、わたしにわかる。これが幸福のひとときでなくてなんであろうか。わたしと色は一体なのだ。(パウル・クレー)

We are Stardust We are Golden
僕たちは星のかけら、僕たちは金色の輝き
We are Stardust We are Golden
僕たちは星のかけら、僕たちは金色の輝き

愛犬ラブ芭蕉と哲学者ブレイクと POPIST アンディ・ウォーホルがダンスをおっぱじめる黄昏時、の「エターニティ／永遠」

いっしゅんゴムひもがのびたものが
えいえんで、
えいえんゴムひもがちぢんだものが
いっしゅんなら、
このいっしゅんをいっしょうけんめいいきることがえいえんをいきることだ。

大宇宙の大静寂のパワーが（大都市の雑踏のなかでさえ）私の一つ一つの細胞に染み透っていく。その「永遠」の「今」に。

16. 瞑想する仏教的なる永遠

仏教では心の中に自然があるのだという。
心の眼で観ること、主観でも客観でもない心の現象が在るという。

思考が時間を作り出す (思考なき所に時間はない)
従って、
大沈黙の無限空間に (メディテイティブな瞬間に)
(物質的世界が終焉した後に) エターニティは在る。

「Memo For A Phenomenological View」

自分自身を
レンズのない、耳のない
「内部と呼べるもののない」
エンプティ・サウンド・キャメラ（それ自身が映像を投影する）だと認識しながら、
マルチスクリーン風景を歩くこと
スクリーン内部を（外部でない）
歩くこと――精神／物質都市のすきま

ナレーションの「私」は存在しない
ナレーターは「大宇宙そのものだ」

幻視粒子の都市
その『質量への憧憬』

我々はどこから切っても「エターニティ／永遠」の「一瞬」の
人生を生き続けているのではないだろうか？

プラトンは『ティマイオス』において、
永遠の世界としてのイデア界を語った。
永遠を存在の知的世界に
時間を生成の感性的世界に、
後者には、存在は属さない。

芸術はテクノロジーに挑み、テクノロジーは芸術を刺激する。

We are Stardust We are Golden
僕たちは星のかけら、僕たちは金色の輝き

Andy Warhol：15Minutes Eternal

また見つかった、
何が、永遠が、
海と溶け合う太陽が。
『地獄の季節』
アルチュール・ランボー

今は自分と永遠の関係しかない。
（ヴァン・ゴッホ）

アリスが「永遠の長さって、どのくらい？」と尋ねると、
白ウサギは「たったの一秒だったりもする」と答える。
時間は存在しない／カルロ・ロヴェッリ

愛犬ラブ芭蕉と哲学者ブレイクと POPIST アンディ・ウォーホルがダンスをおっぱじめる黄昏時、の「エターニティ／永遠」

17. 苔寺のモスガーデン

苔寺として世界遺産として有名な西芳寺

Saiho-ji-Temple's Famous Moss Garden

我々はどこから切っても「エターニティ／永遠」の「一瞬」の人生を生き続けているのではないだろうか？

侘び寂びデジタル - アナログの「エターニティ／永遠」

18. 山本空外上人と湯川秀樹さん

左が山本空外上人、右が湯川秀樹さん。2人のお墓は京都・知恩院の奥まった信じられないくらいひっそりとした場所に寄り添うように立っている。

山本空外さんは広島の原爆被爆者で世界的哲学者であり、偉大な仏教僧であった。湯川さんは日本人初のノーベル賞物理学者。彼らは核爆弾を作った人間達が、その愚かさを深く自覚し、廃絶することを祈っていることでしょう。

19. 白河のもっこ橋と桜

映画「ぼくは明日、昨日のきみとデートする」で主演の福士蒼汰と小松菜奈が渡っていた古くからある小橋
（岡崎公園南の白河にて）

福士蒼汰の方は過去から未来へと生き、反対に、小松菜奈の方は未来から過去へと生きている。
そんな２人が二十歳で出会い恋に落ちる。

まさに Quantum-Fallin'Love クォンタム - フォーリンラブだ !?

芸術はテクノロジーに挑み、テクノロジーは芸術を刺激する。

Andy Warhol：15Minutes Eternal

今、それは「永遠の今」です。
死ぬときも今です。死んで後も今です。
（争いとかいろんな）迷いを離れるとサトリです。
（山本空外）

人はアラヤ識の大海に浮かぶ一片の木の葉のごとし
（山本空外）

我々はどこから切っても「エターニティ／永遠」の「一瞬」の人生を生き続けているのではないだろうか？

いっしゅんゴムひもがのびたものが
えいえんで、
えいえんゴムひもがちぢんだものが
いっしゅんなら、
このいっしゅんをいっしょうけんめいいきることがえいえんをいきることだ。

大宇宙の大静寂のパワーが（大都市の雑踏のなかでさえ）私の一つ一つの細胞に染み透っていく。その「永遠」の「今」に。

20. ジョン＆ヨーコ

ジョン・レノンとヨーコ・オノが訪れた岡崎公園、京都国立近代美術館近くのカフェ、和蘭豆。

昭和レトロに時間が止まったまま、まだビートルズの歌が聞こえてきそう。

愛こそすべて。ALL YOU NEED IS LOVE!? La La La La La
愛こそすべて。ALL YOU NEED IS LOVE!? La La La La La

ジョン・レノンとヨーコ・オノ
WAR IS OVER IF YOU WANT !!
戦争は終わる。皆んなが望みさえすれば。

We are Stardust We are Golden
僕たちは星のかけら、僕たちは金色の輝き

芸術はテクノロジーに挑み、テクノロジーは芸術を刺激する。

愛犬ラブ芭蕉と哲学者ブレイクと POPIST アンディ・ウォーホルがダンスをおっぱじめる黄昏時、の「エターニティ／永遠」

1979年秋 御夫妻にて

21. デヴィッド・ボウイ in 京都

三条東山、古川町商店街でうなぎ料理を買うデヴィッド・ボウイ

我々はどこから切っても「エターニティ／永遠」の「一瞬」の人生を生き続けているのではないだろうか？

We are Stardust We are Golden
僕たちは星のかけら、僕たちは金色の輝き

We are Stardust We are Golden
僕たちは星のかけら、僕たちは金色の輝き

アリスが「永遠の長さって、どのくらい？」と尋ねると、
白ウサギは「たったの一秒だったりもする」と答える。
時間は存在しない／カルロ・ロヴェッリ

愛犬ラブ芭蕉と哲学者ブレイクと POPIST アンディ・ウォーホルがダンスをおっぱじめる黄昏時、の「エターニティ／永遠」

大宇宙の大静寂のパワーが（大都市の雑踏のなかでさえ）私の一つ一つの細胞に染み透っていく。その「永遠」の「今」に。

1980年　デヴィッド ボウイ　来

22. イッセイ ミヤケ町家ブティックと蔵ギャラリー

京都のイッセイ ミヤケ町家ブティックの裏庭の蔵のギャラリー。
非常にジャパネスク。

愛犬ラブ芭蕉と哲学者ブレイクと POPIST アンディ・ウォーホルがダンスをおっぱじめる黄昏時、の「エターニティ／永遠」

今は自分と永遠の関係しかない。
（ヴァン・ゴッホ）

23. ポール・スミスの町家ブティック

ポール・スミスの町家を改装したブティック。ユニオンジャック・レッドがスタイリッシュ。ポール・スミスさん自身この町家スタイルを気に入っているとのこと。

Poul Smith’s Traditional Machiya Renovated Boutique. Union Jack Red Doors are Stylish.

我々はどこから切っても「エターニティ／永遠」の「一瞬」の人生を生き続けているのではないだろうか？

永遠と思われるような欲望の状態が続いていく。

プラトンは『ティマイオス』において、
永遠の世界としてのイデア界を語った。
永遠を存在の知的世界に
時間を生成の感性的世界に、
後者には、存在は属さない。

私たちは過去と未来の、地球と天体の、光と闇の、人間と神の、そして世界とそれを超える世界の子供であり、有限な時間と永遠の時間のどちらにも属する瞬間的かつ永遠の存在である。
（アーヴィン・ラズロ）
We are Stardust We are Golden

僕たちは星のかけら、僕たちは金色の輝き

アリスが「永遠の長さって、どのくらい？」と尋ねると、白ウサギは「たったの一秒だったりもする」と答える。
時間は存在しない／カルロ・ロヴェッリ

愛犬ラブ芭蕉と哲学者ブレイクと POPIST アンディ・ウォーホルがダンスをおっぱじめる黄昏時、の「エターニティ／永遠」

いっしゅんゴムひもがのびたものが
えいえんで、
えいえんゴムひもがちぢんだものが
いっしゅんなら、
このいっしゅんをいっしょうけんめいいきることがえいえんをいきることだ。

大宇宙の大静寂のパワーが（大都市の雑踏のなかでさえ）私の一つ一つの細胞に染み透っていく。その「永遠」の「今」に。

Paul Smith

24. 鉄板の穴からタンポポの花２つ

鉄鋼板の穴から這いだして咲いている２つのタンポポの花。大自然の信じられないような生命力!? 彼らはひっそりとだが、大宇宙の無限の波動エナジーを具現化している。

我々はどこから切っても「エターニティ／永遠」の「一瞬」の人生を生き続けているのではないだろうか？

実は、これは僕の今は亡き父の作品。どこか俳句を思わせる。〈よく見ればタンポポの花咲く垣根かな〉芭蕉の句から「なずな」をタンポポに変えて。

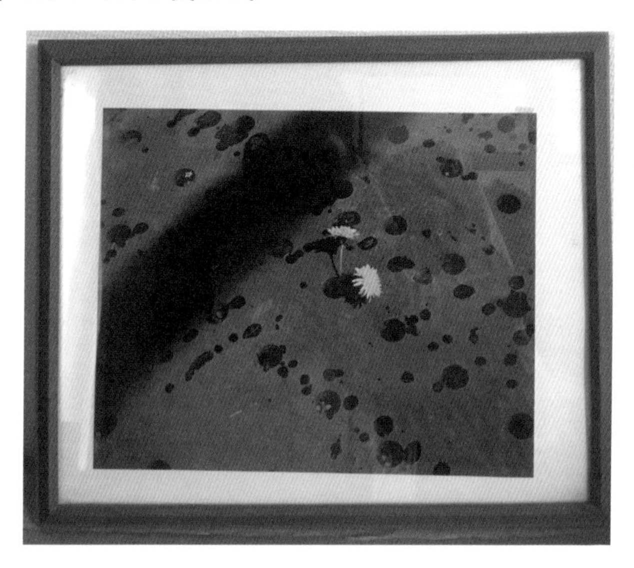

25. 京都マンガミュージアム

Kyoto International Manga Musium
Popular among French Tourists.

京都国際マンガミュージアム。意外だが外国人、特にフランス人のファンが沢山訪れるという。日本の漫画とアニメのレベルの高さは海外でも有名だ。僕は実際、この近くでフランス人グループに２回とオーストラリア人に道を教えてあげたことがある。

我々はどこから切っても「エターニティ／永遠」の「一瞬」の人生を生き続けているのではないだろうか？

永遠と思われるような欲望の状態が続いていく。

芸術はテクノロジーに挑み、テクノロジーは芸術を刺激する。

We are Stardust We are Golden
僕たちは星のかけら、僕たちは金色の輝き

今は自分と永遠の関係しかない。
（ヴァン・ゴッホ）

また見つかった、

何が、永遠が、
海と溶け合う太陽が。
『地獄の季節』
アルチュール・ランボー

アリスが「永遠の長さって、どのくらい？」と尋ねると、
白ウサギは「たったの一秒だったりもする」と答える。
時間は存在しない／カルロ・ロヴェッリ

愛犬ラブ芭蕉と哲学者ブレイクと POPIST アンディ・ウォーホルがダンスをおっぱじめる黄昏時、の「エターニティ／永遠」

26. 村上隆

スーパーフラット - オタク - マンガアーティストのドラえもん
版画

どこまでがアートか？
どこまでがアートでないのか？
考える前に、グローバルコンテクスト上でコンテンポラリーアートとして西洋圏に認識させた彼の苦闘の「意味の無意味の意味」があるのではないだろうか？

我々はどこから切っても「エターニティ／永遠」の「一瞬」の人生を生き続けているのではないだろうか？

永遠と思われるような欲望の状態が続いていく。

芸術はテクノロジーに挑み、テクノロジーは芸術を刺激する。

We are Stardust We are Golden
僕たちは星のかけら、僕たちは金色の輝き

今は自分と永遠の関係しかない。
（ヴァン・ゴッホ）

また見つかった、
何が、永遠が、
海と溶け合う太陽が。
『地獄の季節』
アルチュール・ランボー

アリスが「永遠の長さって、どのくらい？」と尋ねると、
白ウサギは「たったの一秒だったりもする」と答える。
時間は存在しない／カルロ・ロヴェッリ

愛犬ラブ芭蕉と哲学者ブレイクと POPIST アンディ・ウォーホルがダンスをおっぱじめる黄昏時、の「エターニティ／永遠」

27. アンドロイド観音マインダー

京都・高台寺のアンドロイド観音マインダー。般若心経を多くのリアルとバーチャル両方の群集達にインターアクティブに語ってくれる。

Kyoto Kodai-Ji-Zen-Temple's Android-Kannon Minder. It talks about The Teaching of Buddha's Heart Sutra Interactively for Both Real and Virtual People with 360degree Film Show.

あらゆる物は永遠ではなく、互いに縁を結びながら常に変化し続けている。
あるがままの空の心を直観すれば、互いに共感し助け合い、互いが互いの幸せを願い合える世界が生まれていく。

そして、その時
我々はどこから切っても「エターニティ／永遠」の「一瞬」の人生を生き続けているのではないだろうか？

プラトンは『ティマイオス』において、
永遠の世界としてのイデア界を語った。
永遠を存在の知的世界に
時間を生成の感性的世界に、
後者には、存在は属さない。

私たちは過去と未来の、地球と天体の、光と闇の、人間と神の、
そして世界とそれを超える世界の子供であり、有限な時間と永
遠の時間のどちらにも属する瞬間的かつ永遠の存在である。
(アーヴィン・ラズロ)

We are Stardust We are Golden
僕たちは星のかけら、僕たちは金色の輝き

芸術はテクノロジーに挑み、テクノロジーは芸術を刺激する。

アリスが「永遠の長さって、どのくらい？」と尋ねると、
白ウサギは「たったの一秒だったりもする」と答える。
時間は存在しない／カルロ・ロヴェッリ

愛犬ラブ芭蕉と哲学者ブレイクと POPIST アンディ・ウォーホ
ルがダンスをおっぱじめる黄昏時、の「エターニティ／永遠」

今、それは「永遠の今」です。
死ぬときも今です。死んで後も今です。
（争いとかいろんな）迷いを離れるとサトリです。
（山本空外）

28．街角で見つけた手塚治虫の鉄腕アトム

鉄腕アトムはサイボーグに近いロボットのようだが、心を持っているのかどうかは「!?」だった。彼は捨てられたロボットだったのを、お茶の水博士に拾われたのだった。

キューブリックは手塚治虫に『2001 年宇宙の旅』のアートディレクターをしてくれないかと打診したが、手塚治虫は虫プロ 270 人を養うためイギリスには行けないと断ったという。

我々はどこから切っても「エターニティ／永遠」の「一瞬」の人生を生き続けているのではないだろうか？

永遠と思われるような欲望の状態が続いていく。

人はアラヤ識の大海に浮かぶ一片の木の葉のごとし
（山本空外）

芸術はテクノロジーに挑み、テクノロジーは芸術を刺激する。

We are Stardust We are Golden
僕たちは星のかけら、僕たちは金色の輝き

今は自分と永遠の関係しかない。

（ヴァン・ゴッホ）

また見つかった、
何が、永遠が、
海と溶け合う太陽が。
『地獄の季節』
アルチュール・ランボー

アリスが「永遠の長さって、どのくらい？」と尋ねると、
白ウサギは「たったの一秒だったりもする」と答える。
時間は存在しない／カルロ・ロヴェッリ

愛犬ラブ芭蕉と哲学者ブレイクと POPIST アンディ・ウォーホルがダンスをおっぱじめる黄昏時、の「エターニティ／永遠」

いっしゅんゴムひもがのびたものが
えいえんで、
えいえんゴムひもがちぢんだものが
いっしゅんなら、
このいっしゅんをいっしょうけんめいいきることがえいえんをいきることだ。

大宇宙の大静寂のパワーが私の一つ一つの細胞に染み透っていく。その「永遠」の「今」に。

茶屋町薬局
TEL 06-6359-8617
茶屋町薬局
速効。
花粉のある
世界に
乳腺
ブレスト
クリニック
処方

29.「天気の子」

「君の名は」でブレイクした新海誠監督の
ニューアニメシネマの広告。

阪急大阪梅田駅構内にて。
我々の日常生活に新しいスペクトルの次元を垣間見せてくれる。

我々はどこから切っても「エターニティ／永遠」の「一瞬」の
人生を生き続けているのではないだろうか？

プラトンは『ティマイオス』において、
永遠の世界としてのイデア界を語った。
永遠を存在の知的世界に
時間を生成の感性的世界に、
後者には、存在は属さない。

人はアラヤ識の大海に浮かぶ一片の木の葉のごとし
（山本空外）

芸術はテクノロジーに挑み、テクノロジーは芸術を刺激する。

We are Stardust We are Golden
僕たちは星のかけら、僕たちは金色の輝き

今は自分と永遠の関係しかない。
（ヴァン・ゴッホ）

アリスが「永遠の長さって、どのくらい？」と尋ねると、
白ウサギは「たったの一秒だったりもする」と答える。
時間は存在しない／カルロ・ロヴェッリ

また見つかった、
何が、永遠が、
海と溶け合う太陽が。
『地獄の季節』
アルチュール・ランボー

愛犬ラブ芭蕉と哲学者ブレイクと POPIST アンディ・ウォーホルがダンスをおっぱじめる黄昏時、の「エターニティ／永遠」

大宇宙の大静寂のパワーが私の一つ一つの細胞に染み透っていく。その「永遠」の「今」に。

「君の名は。」から3年
新海誠監督　待望の
天気
Weathering
7.19 ROADSHOW
Love Summer!

30. 銀河系宮沢賢治

私は、この世に生まれた瞬間に吹いていた風です。

私たちは銀河系を吹き抜ける風です。

私たちはこの瞬間、
「永遠／エターニティ」を味わっているのです。

私たちは宇宙の旅人です。
「永遠／エターニティ」という渦巻きの中で躍っている星屑です。

銀河系全体をひとりのじぶんだと感ずるときは
たのしいことではありませんか。
（宮沢賢治）

宮沢賢治は日本初のジャズ文学者だった！

あとがき

私はカラッポの風／ I am an empty wind

こんがらがった - シンクロニスティック - 直観ノート NO.1
P. S. TANGLED-SYNCHRONISTIC-INTUITIVE-NOTES

「風」が吹いている。
大宇宙中に浸透しているシンクロニスティックな「風」だ。
「風」が吹いている。
「私」のカラッポ頭と大宇宙の「はざま」の大海を、限りなくジョイフルな波動となって、私はここそこいたるところに在る「風」です。その「私」が実は本当の「私」です。
「風」が吹いている。方向のない、時間のない距離のない「風」が吹いている。

それは瞬時にやってくる。

「私」が「不在」の瞬間
大都市の雑踏とノイズが
「無」と「無限」のはざまで
沈黙する瞬間

それは瞬時にやってくる。

大宇宙のジョイネスと
大宇宙のエクスタシーの
「風」に乗って。
「私」と「君」が一つの瞬間
大宇宙の「ラブ・エネルギー」と一緒に

それは瞬時にやってくる。

「風」が吹いている。

（そうか!!　「私」は元々存在していない。）
「風」が吹いているだけ。
（そして、そこに大宇宙のラブ／ COSMIC LOVE は在る!!）

「私」が「君」を愛するのでなく「私たち」は元々ひとつで、
大宇宙の「ラブ・エネルギー」と一体だった。
そしてそこには「風」が吹いている。
大宇宙いっぱいの「風」が吹いている。
「私」のカラッポ頭と大宇宙の大海の波動の「風」だ。
「風」が吹いている。
果てしなく無限にジョイフルな「風」だ。

「I am an Empty Wind.」

〈私〉
は

カ
ラ
ッ
ポ
の
〈風〉
で
す
。

〈空〉
な
る
〈宇宙〉

〈瞬間〉
の

〈無〉
　　の

さざ波の
　　と
　　戯れる

〈風〉
　　で
　　す
　　。

「MA」

最後に小さなポエトリーを一つ。

［IMAGINE 2020］イマジン　2020年　コロナに負けるナ !!

イマジンしてみよう！　ALL THE PEOPLE!?
2020年の世界が不可思議な年にこそ
イマジンしてみよう！
ツナサンドイッチをみんなで元気いっぱい食べている午後を
イマジンしてみよう！
77億の太陽が一斉に元気いっぱい昇っていく朝を !!
（世界中の人々、ジョンとヨーコのために）

IMAGINE ALL THE PEOPLE in this Strange Year 2020!
IMAGINE The Afternoon Everybody is Eating Tunafish Sandwich Together with Full of Smiles.
IMAGINE The New Morning 7700 Million Suns are Rising at the Same Time Energetically!!
（for People, John & Yoko）

Thank you Sir!